77 35

AUTOUR DE LA TABLE.
ALBUM DES RÉBUS
233 RÉBUS DESSINÉS ET GRAVÉS PAR T. MAURISSET.
PARIS, RUE DE RICHELIEU, N° 60, PAULIN ET LE CHEVALIER, AUX BUREAUX DE L'ILLUSTRATION
1849

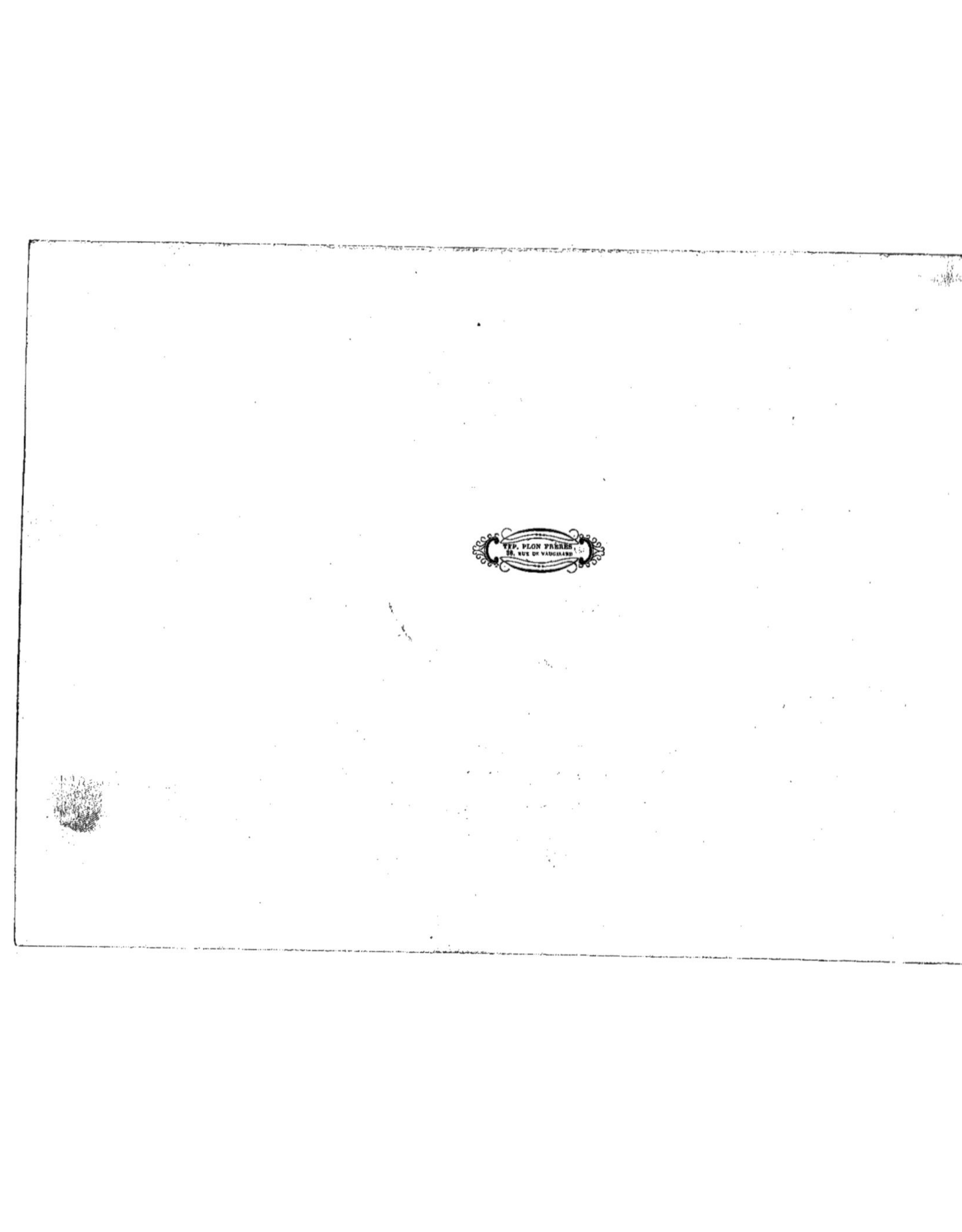

TYP. PLON FRÈRES, 36, RUE DE VAUGIRARD

1

COURS DE MUSIQUE VOCALE
PAR MELLE LAVOYE
ASSEMBLÉE NATIONALE
L'ILLUSTRATION JOURNAL UNIVERSEL
RÉBUS
&
pour

D

3
4
ame
TROU
N
5
RÉBUS
A CORRIGER
RÉBUS
RÉBUS
LA NUIT TOUCHE A SON GRIL
PARC
AUX VEAUX
M
6
L'
US
L'
US

7
8
9
SON
IDE
AGE
OT
10
L'
BB ○○○○○ NAPOLÉON
11

12
13
15
14
RICHELIEU
PARLÉ AU PORTIÉ
d'
qu'
ONLANTEN
SON

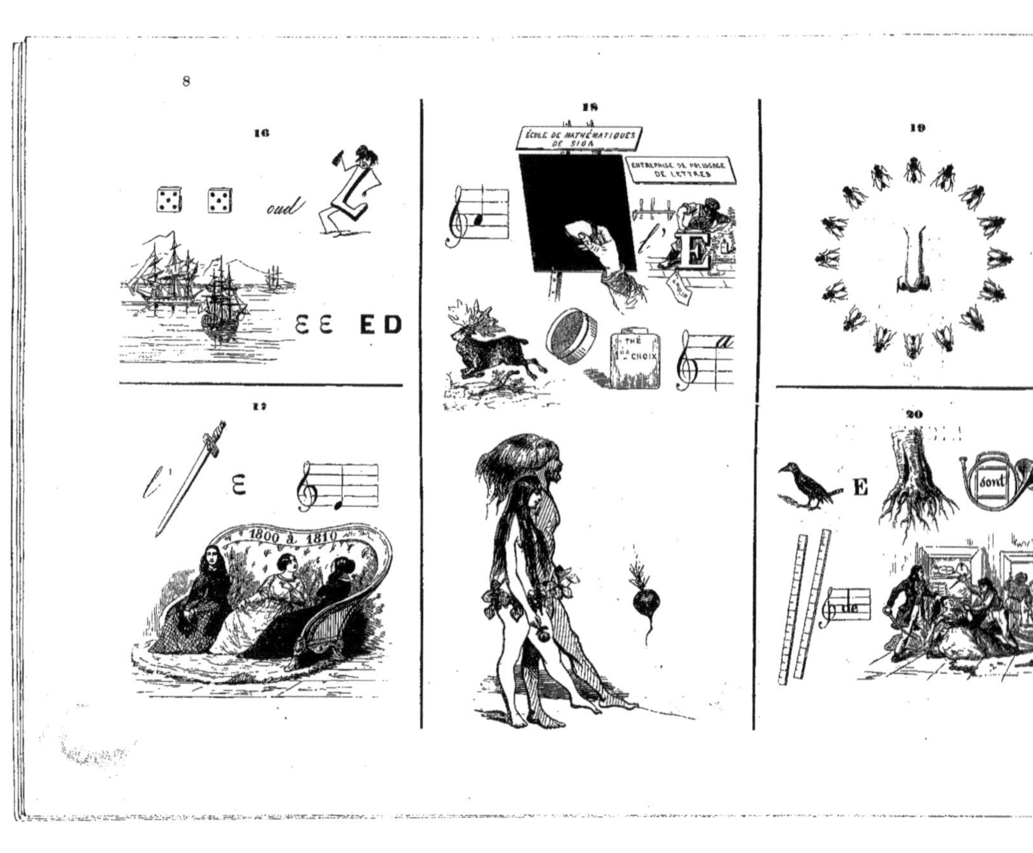
16
18
ÉCOLE DE MATHÉMATIQUES
DE SIGA
ENTREPRISE DE POLISSAGE
DE LETTRES
19
oud
THÉ
CHOIX
17
1800 à 1810
20
sont
de

25

26

27

CHEVAL OMBRAGEUX
À VENDRE
AUXERRE
que
TEINTURE

28

29

VENT
RASSÉS
100

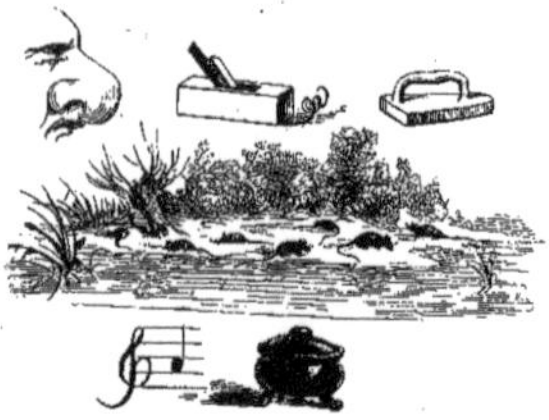

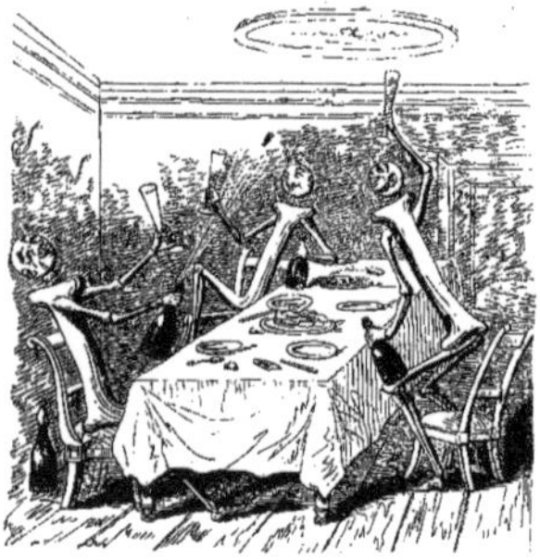

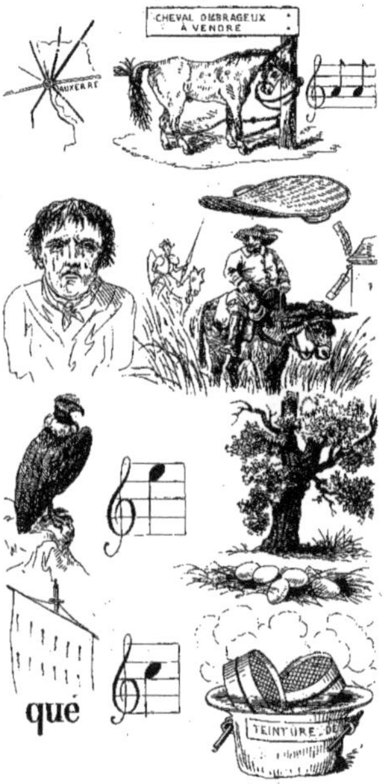

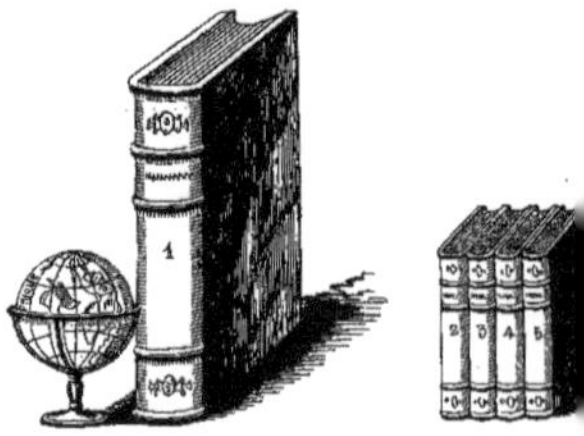

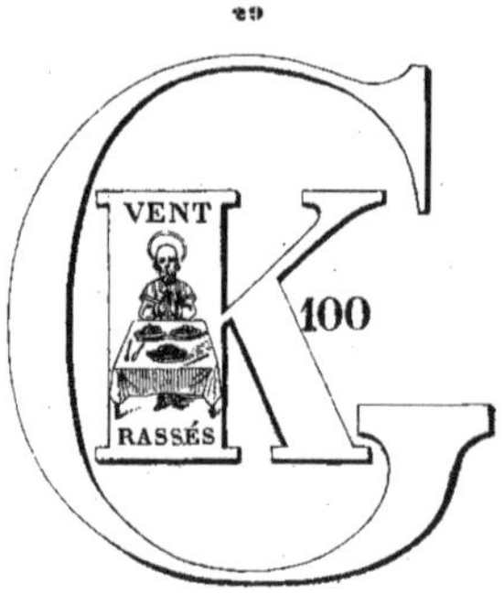

30
31
32
33
qui
BONJOUR, BON AN
BONNE CHANCE
QUE LE CIEL VOUS PROTÈGE
BON COURAGE
AMUSEZ-VOUS BIEN
BONNE NUIT
PORTEZ-VOUS BIEN
BON VOYAGE
DIEU VOUS BÉNISSE

34

35

36

MATAMORE
SYCOMORE
GOMORRHE
CLAYMORE
REMORD

39

38

39

40

41

42

43

BLANCHE DE CASTILLE
MARGUERITE DE PROVENCE
JEANNE DE BOURGOGNE
FRÉDÉGONDE
CLOTILDE
CATHERINE DE MÉDICIS
AT. IE.

44

LE SON

45

QUI
QUI
QUI
QUI
QUI
fa est

46

Quel
A 1
13

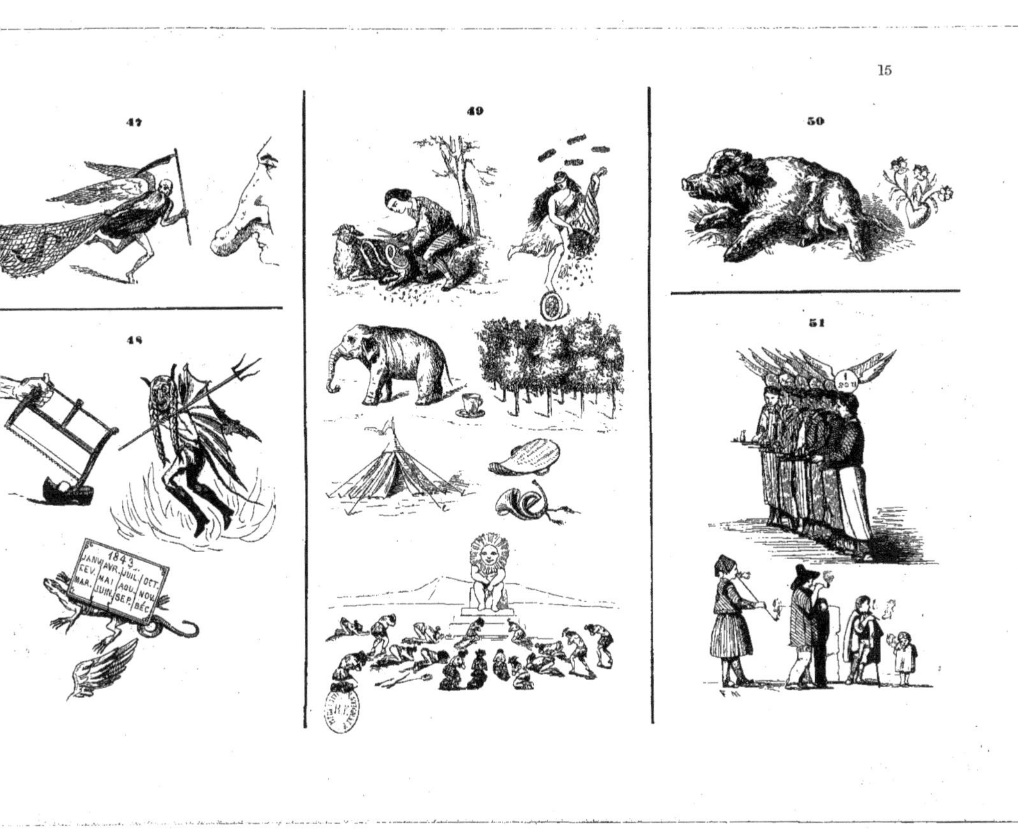

47

49

50

48

51

52
53
une
54
monsieur le Direct.
monsieur de
l'Illustration
à Paris
ou
ébraient
A
55
É
UNE
ROUTE
U
ION
10
É
1
LEÇONS DE LAVIS
ET D'AQUARELLE À 5 HEURES.
SEL
D'OSEILLE
1
IC

56
57
58
59
60
VRAGE
le 100 CC

61

62

63

64

65
it
67
120 CENTIMÈTRES
68
LAPH LO
66
69

20
70
71
C MPTE TE
72
QUE
APP. À M. DÉ
HAUTEUR 22 P.
ON
23
B co I M E N
1/4 E
V

ISE
QUI
VA

22
79
ADVIENNE
80
81
TO-maintenant-UT
femme
28
FIER ÊTRE PLUS SANS
83
AVIS.
A partir de demain le prix du pain est fixé à 1 fr. 50 cent. le demi-kilogramme.
Il ne sera plus délivré de bons aux familles nécessiteuses.
PAR

84

85

87

86

AUCUN
HOMME
NE
VICNT
dessins à terminer
L'ESPÉRANCE
BOURG
TREVOUX
BELLEY

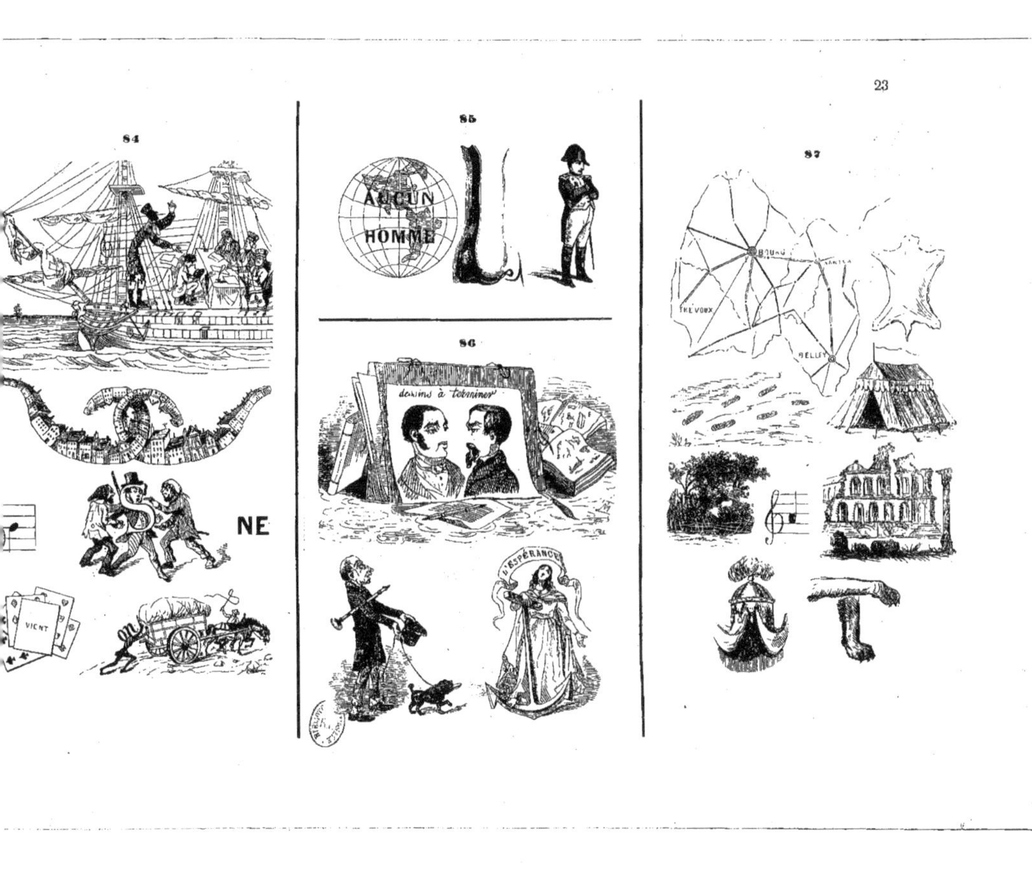

88

REMORDS REMORDS REMORDS REMORDS REMORDS REMORDS
se
bon 20 de
PRIX DE SAGESSE
MANTEAU DU CENTAURE NESSUS
A
me

89

90

91

92
LA BANLIEUE DE PARIS
EN
LATOUR AINÉ
91
A U
CUIR VERNI
1 re
NOUVEAUTÉS
A
E
93
TRAIN DE GRANDE VITESSE
TRAIN MARCHANDISES
TRAIN DIRECT
95
96

97
98
de
a
mal   bien
mal   bien
mal   bien
mal   bien
99
ON A
PARIS
100
101

102

103

104

105

106

107

108

109

110

111
aga aga G
Sa
Son
112
OCTROI
DU MANS
AB
113
1
TI = TI
      TI
114
BUREAUX DE LA MAIRIE

115

116

117

118

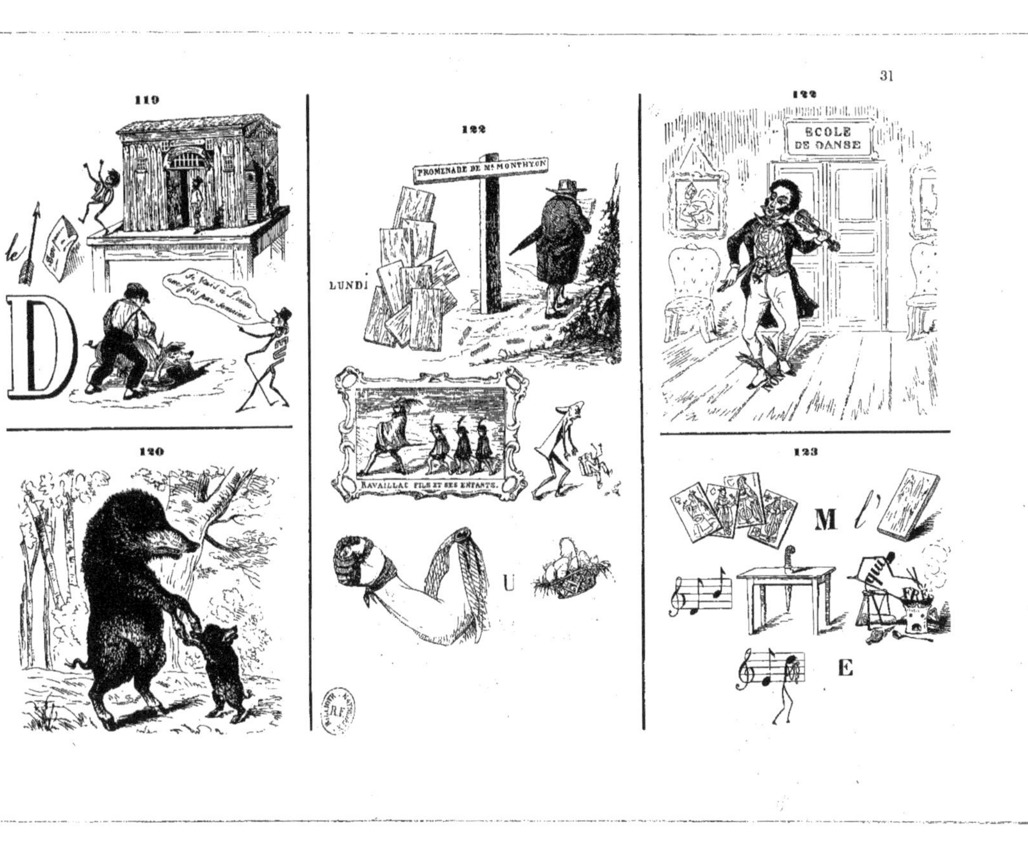
119
le
D
120
122
PROMENADE DE M. MONTHYON
LUNDI
RAVAILLAC FILS ET SES ENFANTS.
U
122
ÉCOLE
DE DANSE
123
M l'
E

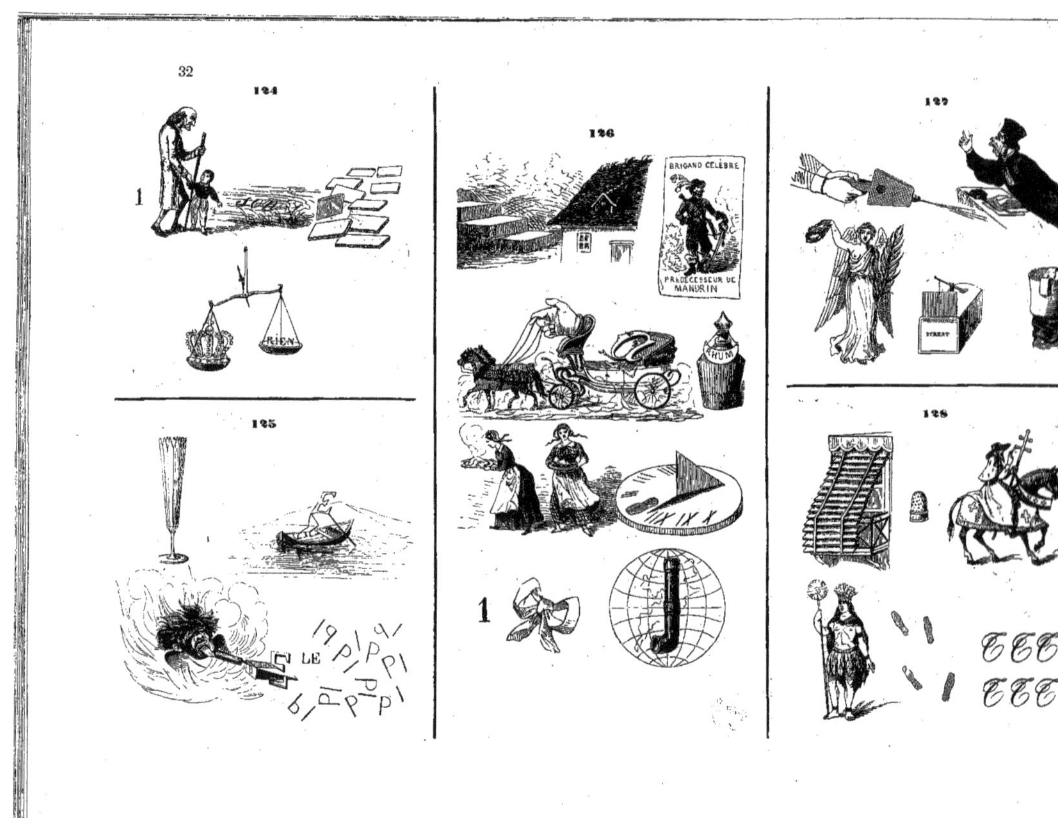
124
126
127
125
128
BRIGAND CÉLÈBRE
PRÉDÉCESSEUR DE MANDRIN
RIEN
RHUM
FORÊT
LE
1
1

129

130

131

132

133
CENT. MIL. HUIT
EMPIRE
KANTON
VENDREDI
SAMEDI
FRANCE
ANGLETERRE
RUSSIE
AUTRICHE
PRUSSE
ITALIE
SUISSE
C
se joue

134
LEX
I
IV
II
V
III
VI
3
5
2
4
2
Total 16
Garat

135

136
A
SE
5
CENTIM
eau
DU DOCTEUR
WATT.
O

139

139

140

138

141

142
Chauffez-vous.   Chauffez-vous.
Chauffez-vous.   Chauffez-vous.
Chauffez-vous.

144
DÉLANGE Mᵈᵉ DE TABLEAUX
messe

145
RICHESSE
SANTÉ, MALADIE,
DOULEUR, BONHEUR
MISÈRE

143
ION

146
XII · ON
P
É

147

148

148
ODE
SUR LA PRISE
DE NAMUR
ir de
1838 1839 1840 1841 1842 1843 1844
149
150
PÔLE
r ie
le
i
d

151
153
154
1º
2º RICHESSE.
3º JEUNESSE.
4º BEAUTÉ
5º DIGNITÉS
6º etc. etc.
THÉ
PÉKOE
152
A
155
tr   tr   tr   tr   tr

156
157
158
159

160
161
MAGASIN DE CÉRÉALES
DU 21 JUIN AU 22 SEPTEMBRE
AINSI-SOIT-IL
à traduire en latin
163
dessin lavé
par un célibataire
162

164
165
166
1838
1839
1840
1841
1842
1843
1844
1845
1846
1847
1848
LIMITES DE TROYES
les
75 Voir contre 17
167
iT
rise
l'
168
E

169
170
moi
déja
171
nam
Sᵐᴱ ᵤ Mⁿ Bᵗ L E
172
ROUVE ROUVE ROUV

173
174
175
176
177
E
l'A
GÂTE

44
178
179
prix 1f
FRAPPE   OR FRA··E
180
r
É
181
MEXIQUE
182
20 que   G
d'
de   B

183
184
BLANCHE
DE NAVARRE
MARIE
DE MÉDICIS
DU
185
CHEMIN DE L'AME
R
186

187
188
189
190
LE
SÉLECTIONS LES
EE

191
de
192
1,000
1,000
a
le
193
P
i
194 À m NÉ À BADEN
GRAVEUR EN 1660
LA BELLE
N
195
BOURG
TREVOUX

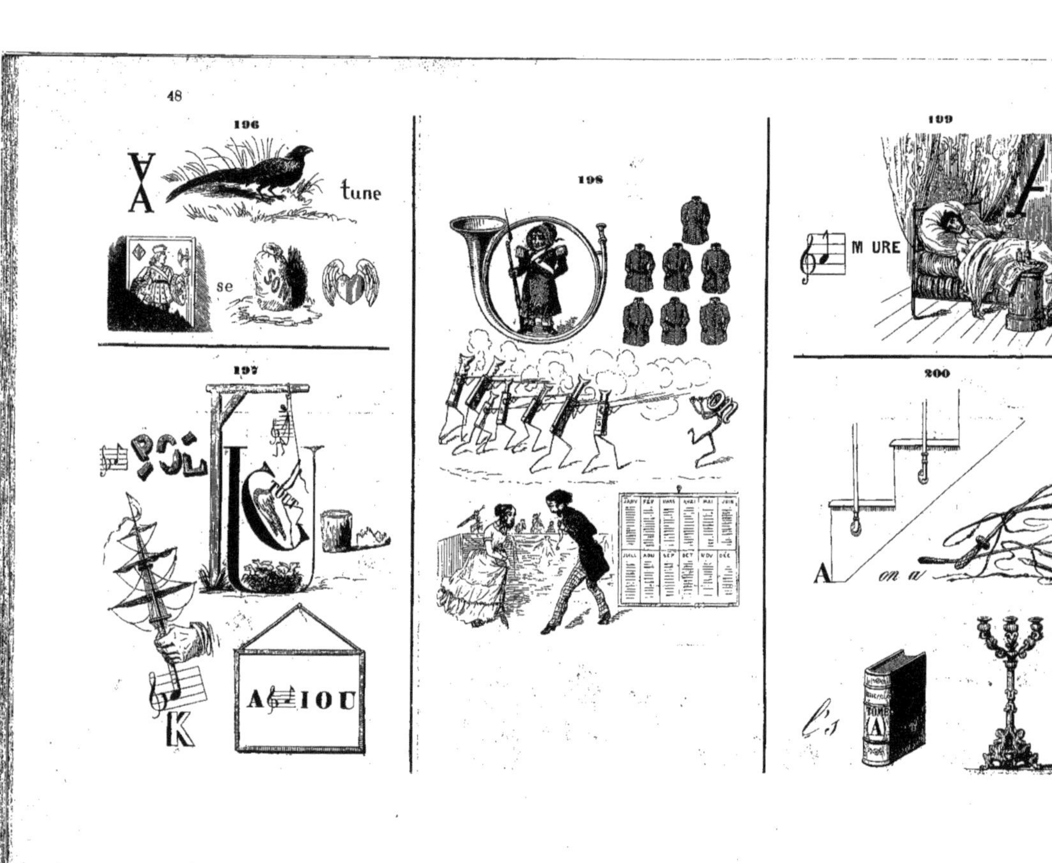
196
197
198
199
200
tune
se SO
POL
K
A IOU
M URE
on a
l's
TOME
A

201
202
203
204
ize
E +
QUE
CHEF-LIEU
DE L'AUBE
P P P
P
P
J

205
206
207
208
bon pour
en four
entre   entre
a a
a a
a
Chelles
le
du

209
211
212
CAN
orte
1er.
210
A
dre
et
DEMA
IT
MARÉCHAL EXPERT VÉTÉRIN
213

214
215
216
217
218
TA AT
L'8
MODÈLE N° 1
1830

OPHTH......
HYDRO.....
PHTH.......
CATA......
A
LE
ITE
et et et et et et et et

223

224

225

226

227

HÔTEL-DIEU
PITIÉ CHARITÉ

228
229
se
230
PIRENT
231
232
GOURMANDISE.
AVARICE..
FOURBERIE.
IMPUDENCE.
IVROGNERIE.
PRÉSOMPTION.
ORGUEIL.
PARESSE.
VANITÉ

233

INDEX

1 Les hiéroglyphes inscrits sur les anciens monuments égyptiens étaient les signes représentant le son de la voix. Le rébus qui termine la dernière page de l'*Illustration* est une récréation pour ses lecteurs.

2 Début.

3 Les rébus ne sont pas ce qu'un vain lecteur pense : C'est dans l'obscurité qu'ils puisent leur science.

4 A chercher à me trouver tu perdras ta peine.

5 Un rébus sans défaut vaut seul un long poëme.

6 Les cocasseries amusent les gens qui ont un penchant à deviner les rébus.

7 Tel qui rit vendredi dimanche pleurera.

8 Il n'y a si petit métier qui ne nourrisse son maître.

9 L'ironie est la philosophie de l'esprit; le persiflage en est la cruauté.

10 Les chansons de Béranger rendront son nom immortel.

11 Le tambour qui bat le rappel met sur pied de bonne heure les gardes nationaux et les soldats.

12 Le duel était défendu sous Richelieu.

13 Il ne manque pas d'escrocs par le temps qui court.

14 Qui n'entend qu'une cloche n'entend qu'un son.

15 Pendant le carême, l'on fait maigre, mais on s'en porte mieux.

16 Qui nous délivrera des Grecs et des Romains?

17 L'armée grecque mit dix années au siége de Troie.

18 Après la création, l'Éternel en sa bonté a mis Adam et Ève au Paradis.

19 Un essaim d'abeilles?

20 Corneille et Racine sont encore les maîtres de la scène tragique.

21 L'amour-propre désunit beaucoup d'amis dans le monde.

22 Deux amis partis d'Orbec allant vers Surgy sans traverser Paris.

23 L'homme est dans ses écarts un étrange problème.

24 Un maître montre l'exemple à ses élèves s'il se met en garde contre ses mauvais penchants.

25 Un nègre aura beau faire, il aura la peau noire.

26 Aux innocents les mains pleines.

27 Au service du chevalier de la Triste-Figure, Sancho pensa souvent qu'on dort mieux sous un chêne que sous des rideaux de satin.

28 Un grand homme appartient à l'univers.

29 Les médecins sont souvent embarrassés dans un cas pressant de danger.

30 Les soucis vieillissent l'homme avant le temps.

31 Aux petits des oiseaux il donne la pâture.

32 En tout il faut considérer la fin.

33 Pas de bonheur qui ne soit suivi de chagrins.

34 Il ne faut pas poursuivre deux lièvres à la fois.

35 Tel père, tel fils.

36 La mort est la fin de tous les maux.

37 Ne réveillons pas le chat qui dort.

38 L'amitié disparaît quand l'égalité cesse.

39 La colère est un vilain défaut.

40 Il n'est point de serpent, point de monstre odieux, Qui, par l'art imité, ne puisse plaire aux yeux.

INDEX.

41 Dieu seul voit l'avenir.

42 *Requiescant in pace*

43 Les sirènes captivaient par leurs chants délicieux les navigateurs des temps anciens.

44 Une femme s'honore en goûtant les plaisirs qu'offre à son cœur la charité.

45 Qui à chacun doit est en maint souci.

46 L'homme charitable qui donne une bagatelle en ce monde aura un trésor dans le ciel.

47 L'esprit, par le temps qui court, n'est pas commun.

48 Maintenant la science a beau démontrer ses beautés, les arts l'emportent sur elle.

49 Ne comptons pas sur la fortune; elle est fantasque, inconstante et trompe souvent ses adorateurs.

50 Les grandes pensées viennent du cœur.

51 Les cigares sont augmentés d'un sou, et les fumeurs diminuent.

52 Un des grands bonheurs de la vie, c'est l'attachement d'un homme moral, sincère et sympathique.

53 Une soubrette.

54 Les troubadours célébraient par leurs chants les combats et la beauté.

55 Les époux parcourent une route ardue; l'union les soutient, la discorde les fait tomber.

56 Un effet de lune.

57 Qui travaille prie.

58 Vingt fois sur le métier remettons notre ouvrage;
Polissons-le sans cesse et le repolissons.

59 Et monté sur le faîte, il aspire à descendre.

60 Un cours de physique.

61 Aide-toi, le ciel t'aidera.

62 Tout ou rien.

63 Quiconque affichera un avis sans timbre sera puni d'une amende.

64 Les infirmités affligent et rendent la vie longue et pénible.

65 L'opium nuit à la santé.

66 L'habit ne fait pas le moine.

67 La mort n'épargne personne en ce monde.

68 L'homme entouré de peines a la philosophie pour soutien.

69 Qui trop embrasse mal étreint.

70 Le monde savant se rappellera pendant longtemps l'excursion au mont Blanc par MM. Bravais, Martins et Lepileur.

71 Il ne faut pas compter sans son hôte.

72 C'est en jetant le manche après la cognée que l'on démontre son impuissance.

73 Il y a des héros en bien comme en mal.

74 Les beaux-arts sont dans leur gloire.

75 Mademoiselle Lenormand est décédée dans un âge très-avancé.

76 Les sociétés de tempérance anglaises font beaucoup de tort aux vins de la Gironde surtout.

77 Moïse sauvé des eaux.

78 Qui compte sur les souliers d'un mort va longtemps pieds nus.

79 Fais ce que dois, advienne que pourra.

80 La louange chatouille et corrompt les humains.

81 Maintenant c'est partout qu'on voit des femmes sans esprit mener des hommes pleins d'esprit par le nez.

82 Le soldat anglais reçoit des coups de fouet sans en être plus fier.

83 La vie n'est pas agréable par le temps qui court.

84 La beauté plaît d'abord; mais on s'en lasse, si l'esprit ne vient à son aide.

85 Aucun homme dans le monde n'est grand comme Napoléon.

86 Il faut faire de nécessité vertu.

87 L'impôt des patentes est la ruine des patentés.

88 Si tu trouves, ramasse et restitue; ta conscience sera à l'abri des remords.

89 Bon vin de Beaune et de Nuits à six sous la bouteille.

90 Les fous mènent les sages.

91 Les trônes roulent sur une pente qui conduit quelquefois à un dangereux abîme.

92 La Touraine est à présent dans la banlieue de Paris.

93 Le cœur empêche d'être indifférent aux pleurs de ses semblables.

94 A peine eut-on signalé à la police un repaire de voleurs, que le commissaire y entra et y empoigna tout ce qui s'y trouvait.

95 Tout passe avec le temps.

96 Le pauvre est souvent charitable.

97 Ci-gît Raphaël.

98 La boîte de Pandore a répandu sur la terre plus de mal que de bien.

99 On assure que les forts qui entourent Paris auront, l'un portant l'autre, trois cents pièces d'artillerie.

100 L'or est une chimère.

101 L'honneur est comme une île escarpée et sans bords :
On n'y peut plus rentrer dès qu'on en est dehors.

102 L'enseignement de l'Université a soulevé les murmures du clergé.

103 Scipion fut encore plus grand qu'Annibal.

104 Un sceptique occasionne souvent dans des États l'agitation la plus dangereuse.

105 On se porte maintenant vers la Californie dans l'espoir d'faire une affaire d'or.

106 Un homme en eau entre deux airs.

107 Si un marchand vous vole, c'est ailleurs que l'on doit aller

108 Un bâtiment marchand battu par un gros temps.

109 La valeur n'attend pas le nombre des années.

110 Aussitôt que le dessert apparaît sur la table, les enfant sautent et battent des mains.

111 Agamemnon, général des Grecs, fut assassiné pendant son sommeil.

112 A beau mentir qui vient de loin.

113 Un bon averti en vaut deux.

114 Défiance est mère de sûreté.

115 Des ennemis mortels ne s'abordent qu'en tremblant.

116 La fortune vient comme elle s'en va.

117 La France est dans l'attente d'un grand homme.

118 C'est par leurs tubercules malades qu'on voit les pommes de terre occuper les savants, tromper l'espoir du pauvre et enfin exciter au plus haut degré l'inquiétude des politiques et des économistes.

119 Le très-bon vin est hors de prix; on en boit sur la table des grands seigneurs seulement.

120 Les extrêmes se touchent.

121 Un seul jour ne fait pas d'un mortel vertueux
Un perfide assassin, un lâche incestueux.

122 Maître Adam s'est fait un nom avec ses chevilles.

123 Les dames aiment les récits lamentables qui font frémir et pleurer.

124 Un grand personnage disait : « Rien ne pèse autant qu'une couronne. »

125 L'on verra dans un petit espace d'années les chemins de fer traverser le pays dans tous les sens.

126 Marche devant toi, car tout chemin mène à Rome; mais au bonheur, pas un ne conduit en ce monde.

127 Les Romains, grands par leurs victoires, furent bien petits dans leurs revers.

128 Jalousie dénonce incapacité.

129 L'homme est de glace aux vérités, il est tout feu pour le mensonge.

130 Un grand hiver maints dommages nous porte.

131 L'homme entraîné par un torrent de plaisirs ne voit pas les maux qui le suivent.

132 La Madeleine est un monument hors des règles que comporte le symbole religieux.

133 Quand on jouait en 1800 les *Deux Journées*, c'était assez d'une soirée; maintenant *Monte-Cristo* se joue en deux.

134 L'excès en tout est un défaut.

135 La sensible beauté est prompte à s'enflammer.
136 Une bergère occupée à tresser des fleurs se rencontre souvent dans les tableaux de Watteau.
137 La danse est dans tous les pays la récréation de la jeunesse.
138 L'Amour est un enfant trompeur.
139 Un vieux soldat disait : « Les loteries de Monville et de Petit-Bourg m'ont rappelé la bataille d'Eylau.
140 Où trouver une morale plus pure que celle de l'Évangile?
141 L'or est une divinité qu'on encense.
142 Autant d'hommes, autant d'avis divers.
143 Un homme peut braver l'opinion, une femme doit s'y soumettre.
144 La Suisse offre à l'automne un ravissant tableau, mais c'est en Italie qu'on doit passer l'hiver.
145 La vie est composée de biens et de maux.
146 On est heureux de trouver en voyage un bon souper et surtout un bon lit.
147 Un enfant envieux montre un grand penchant au vice.
148 L'empire de la mode s'étend sur tout.
149 Mieux vaut l'oiseau dans la main que l'oie qui vole.
150 L'homme jeté par Dieu sur la terre y périrait faute d'appui ; aidez-le dans la misère et dans l'adversité.
151 Tel est pris qui croyait prendre.
152 Il n'y a pas de bonheur sur terre.
153 A vieux chat jeune souris.
154 La santé est le premier des biens.
155 Après la grandeur des Romains vint leur décadence.
156 La vanité est l'amour-propre qui se montre ; la modestie est l'amour-propre qui se cache.
157 Aux grands maux les grands remèdes.
158 Pégase est un cheval qui porte tous les grands hommes à l'hôpital.
159 Les animaux se repaissent ; l'homme mange, l'homme d'esprit seul sait manger.
160 En Abyssinie, les eaux qui tombent pendant l'été amènent l'inondation de l'Égypte.
161 Le temps emporte beaucoup de chagrins.
162 Trop parler nuit ; trop gratter cuit.
163 Souvent vers sa fin la vie de garçon est malheureuse.
164 Ainsi que la vertu, le vice a ses degrés.
165 Les sots depuis Adam sont en majorité.
166 Les Grecs, revenant de Troie après plus de dix ans écoulés, trouvèrent leurs femmes entourées de jeunes enfants.
167 La vanité des petits autorise l'orgueil des grands.
168 On se défend du ridicule, et l'on ose avouer ses vices.
169 Deux hommes puissants s'accordent difficilement ensemble.
170 Le moment où je parle est déjà loin de moi.
171 Pierre qui roule n'amasse pas de mousse.
172 Corneille, Boileau, de La Fontaine, Racine, Bossuet, Fénelon, écrivains ravissants, la postérité vous trouve de plus en plus grands.
173 Un seul pied vaut mieux que deux échasses.
174 Les cabarets épuisent en même temps la bourse et la santé.
175 Maintenant une longue ligne de chemin de fer doit lier la capitale aux deux mers.
176 Qui s'y frotte s'y pique.
177 L'esprit qu'on veut avoir gâte l'esprit qu'on a.
178 Qui se ressemble s'assemble.
179 Un Français injurié frappe avec l'épée ; un Anglais au contraire frappe avec les poings au lieu d'épée.
180 Honneur au courage malheureux !
181 La terre entière a les yeux tournés vers la Californie.
182 C'est en vain que l'étranger tenterait d'humilier la France et de l'abaisser.
183 Un vent doux et frais répand un grand charme ; quant à l'ouragan, il renverse et détruit tout.
184 L'Éternel en ses mains tient les rênes du monde.
185 Les tyrans sont des fléaux que la Providence envoie aux humains dans sa colère.
186 Les barres et le cheval fondu font passer des moments délicieux aux écoliers.
187 Quand le pain est cher, le dimanche on travaille tout comme pendant la semaine.
188 Le ciel doit un enfer aux vices couronnés.
189 L'envie porte son châtiment avec elle.
190 Les électeurs dans les élections valent les élus.
191 Plus l'homme s'élève, plus ses vues s'étendent.
192 La fortune, hélas ! mille et mille fois a corrompu le cœur humain. Restons pauvres, mais honnêtes.
193 *Richard-Cœur-de-Lion* est un opéra en trois actes, et on prétend qu'Adam l'a rajeuni.
194 La belle Anne d'Autriche s'attira l'amour et la haine de Richelieu.
195 Chacun porte sa croix dans le monde, vieille vérité incontestable.
196 Deux amis tête à tête, faisant une partie de cartes, se sont querellés.
197 La polka s'est répandue partout ; elle est dansée dans l'univers entier ; maintenant la mazurka l'a remplacée.
198 Encore un garde national en capote ; c'est unique, s'écriera-t-on avant deux ans.
199 La mort n'a point d'amis ; le malade n'en a qu'un demi.
200 Après de grandes marches, on a quelquefois l'estomac en délabre.
201 Le mariage est souvent une sottise faite à deux, puis une galère à trois et plus.
202 Maintenant un lycéen cherche à s'émanciper.
203 C'est au cabaret que l'on vend la folie en bouteille.
204 La vertu a toujours sa récompense dans l'admiration générale.
205 Le Panthéon se voit de plus loin que la colonne de la place Vendôme.
206 Les bons comptes font les bons amis.
207 Le sage entre en tremblant dans la carrière des affaires politiques.
208 Chez l'homme compatissant, le cœur saigne et s'émeut à la vue du malheur.
209 Soldats, du haut de ces pyramides quarante siècles vous contemplent.
210 Si vous tenez à vos amis, allez les visiter souvent.
211 L'homme tourne à tout vent ; il tombe au moindre choc Aujourd'hui dans un casque et demain dans un froc.
212 Presque en tout Charles-Quint l'emporte sur François Ier.
213 La montagne en travail enfante une souris.
214 Chacun a ses peines, rois, bergers, chiens et moutons.
215 Que de fois l'Italie a été ravagée par les Barbares !
216 Il n'est si vilain pot qui ne trouve son couvercle.
217 L'alliance la mieux assortie n'a pas toujours fait deux heureux.
218 Les daguerréotypeurs font tort aux peintres de portraits.
219 Oter le riz aux Indiens, la viande aux Anglais, c'est comme si on retirait le pain aux Français.
220 Le sage entend à demi-mot.
221 Le Palais-Royal sert de rendez-vous aux étrangers qui visitent Paris.
222 A vaincre sans péril, on triomphe sans gloire.
223 Depuis Aaron, l'homme s'agenouille devant le veau d'or.
224 Quand le temps est à la pluie, l'amadou tarde à s'enflammer.
225 Espère-t-on que la France fleurira sous les auspices d'un nouveau ministère?
226 Une méchante pensée sera celle d'enlever la femme d'autrui.
227 Toi que l'oiseau ne suivrait pas, Toi qui n'es pas de nos climats.
228 Qui ne sait compatir aux maux qu'il a soufferts ?
229 Honni soit qui mal y pense !
230 La bonne année s'avance, et les enfants soupirent après.
231 Les personnalités attirent la haine.
232 Quatre-vingt-neuf a vu s'anéantir les biens féodaux.
233 Après avoir parcouru cet album, chacun s'abonnera, j'en suis sûr, à l'*Illustration*.

L'ILLUSTRATION

JOURNAL UNIVERSEL PARAISSANT TOUS LES SAMEDIS

DEPUIS LE 4 MARS 1843.

ORNÉ DE GRAVURES SUR TOUS LES SUJETS ACTUELS.

Événements politiques, Fêtes et Cérémonies publiques, Portraits des personnages célèbres, Inventions industrielles, Nouvelles de Paris, des Départements et de l'Étranger, Romans et Contes, etc. Vues pittoresques, Cartes géographiques, Compositions musicales, Tableaux de mœurs, Scènes de Théâtres, Monuments, Costumes, Décors, Tableaux, Statues, Modes, Caricatures, etc., etc., etc.

PRIX DE L'ABONNEMENT : Pour Paris. . . . . 8 fr. pour trois mois; 16 fr. pour six mois; 30 fr. pour un an. Pour les Départements. . 9 — — 17 — — 33 — — 2 VOLUMES IN-FOLIO PAR AN — 44 VOLUMES SONT EN VENTE.